句集

羽根

hane

Murakami Ruriho

村上瑠璃甫

朔出版

序

どうしても右に向くなり赤い羽根

春菊のそのためらはぬ香りかな

句集『羽根』は、最終章「坂の名」のこの二句へと収束してゆく。

瑠璃甫さんの「秋草」でのスタートは二〇二一年の三月号からとなる。三年という短い期間で、ここまで上りつめたということ。どのような道筋をたどったのかは『羽根』を読めば、詳らかである。

俳人はだれでもどこかの段階で一心不乱に俳句に立ち向かう時期がある。すべてにそうであってほしいのだが、それは不可能だろう。ある人は主宰に叱咤激励され、ある人は俳句賞への挑戦ということで、期間はばらばらだが寝食を忘れて突き進むという経験があるものだ。

この三年間の疾走ぶりを『羽根』の俳句たちと共に追ってみたい。

「秋草」への入会時は名前と住所しか聞かない。性別も年齢も俳歴も知らないまま。それでよいと思っている。俳句作品だけわかれば、それでいい。そのため、瑠璃甫さんの入会の時もほとんど予備知識など無かった。ただ、驚いたのは、その積極性。すぐに秋草後援会の入会を希望した。投句する前の年の十二月だったろうか。「るり句会」と命名し、二週間に一度およそ十句の俳句が送られてくるようになった。最初の句を少し紹介したい。

クリームの角立つケーキ冬の星　（第一回）
獅子舞の通りて風の黄蘗色　（第二回）
七種の緑の残る木匙かな　（第三回）

「雷紋」の章には一句目、三句目が載せられている。ほぼ俳句の骨格は整っている。どこかで基礎を学んだということだろう。このまま句を作り続ければよいのであるが、秋草後援会では更なる課題が提示される。例えば第三回では次のことをアドバイスした。

——一つの季語で作る時、できるだけ具体的な季語を選びます。秋草の句会案内も具体的な季語をなるべく兼題に出しています。例えば「氷柱」で作ります。その氷柱はどこにあるのか、まず場所を設定します。草であれば、「草氷柱」というすてきな季語も使います。次に、この氷柱がどのような形をしているのか、色をしているのか、周りには何があるのかなどを想像します。この想像の時に吟行という経験が役に立ちます。かつて見た草氷柱を思い出すことがたいへん重要になってきます。このことをすべて経て、どんどん作ってゆきます。――

かなり詳しく、迫っている。普通ならここで頭を抱えてしまうのだが、瑠璃甫さんは違った。さらに意欲を持って俳句を作り始めた。その結果、八月号では巻頭作品を揃えるまでになる。

蕗の葉や身長計に沿ふ背中
コンパスで描く曼茶羅鉄線花
冠の綺麗な鳥や棕櫚の花
麦秋や分銅のせる右の皿

木耳を喰はぬ男の喉仏
合歓の花手をはなしたるやうに咲く

特に五句目には目を瞠った。人を描くという今までに見なかった角度からの俳句だったからだ。「秋草」に入り、どのような俳句を目指すのかが明確だったということがよくわかる。人の動きを季語との絶妙なバランスで詠うこと、季語を離して鋭い取り合わせの俳句にしていくこと。この二つの道筋をわき目も振らずに進んで行った。その結果、十二月号には

二科展やつぶして食ぶる目玉焼

として結実される。この取り合わせの大胆さを取り上げて「秋草」の「秋草の小径」で「二科展という言葉を知っていましたが、それが季語であるというのは、はじめて知りました。当然例句も少ない。そんな季語に挑戦ということも時にはよいでしょう。この句が成功しているのは、秋の美術展と全く関係のな

いことを詠んだことです。これぐらい大胆だと気持ちよいものです。」と評した。これらの道筋が第一章の「雷紋」となる。

「かんぺう」「おほかたはあを」の章へ入ろう。三年という短い期間であっても、順風満帆ということはない。なにをしても空回りしてしまう時期がある。それでも俳句を作り続けたのが、瑠璃甫さんだった。手がかりは人を描くこと。

かんぺうのやうな男が苗を売る
水を打つ前の話の長かりき
教頭のラムネ茶屋より出でてきし
障子貼りつつ安産の話かな

とことん人を描くということを貫いている。もう一つのよりどころは、季語を離すということだった。取り合わせの句に向けて、どこまで離せばよいのか、どのような季語を選べばよいのかと苦悩する。

しかし、立ち止まりながらもひとつのこだわりを持ち続けた。瑠璃甫さんが強いのは、こだわりを持ち続けるということ。普通、こだわりを持ち続ければ良い結果とならないと思い、早くそこから抜け出ようとする。瑠璃甫さんはそうではなかった。とことん季語を選び抜いた結果、次のような句が姿を現した。

目玉剝く岡本太郎草いきれ

岡本太郎への思い込みがどれほどあるのかはわからないが、あの太郎の顔写真を見れば心が動く。そこを俳句作品に収めようと何度もチャレンジしたのである。このこだわりが推進力となり、次の「風船のむかう」「坂の名」の章へと突き進んでゆく。

取り合わせの句に苦しみながらも、自分の詠みたいもの、詠みたいことを貫き通した。強いこだわりが瑠璃甫俳句を推し進めたと言ってもよい。その結果が少しずつ顕著になってくる。

歳時記と空いつぱいの囀と
そこまでは好きでない人さくら餅
菊膾食ふは紙屋の主人かな

どうだろうか。何かの束縛が解けたように自由になっている。俳句で何を詠ってもよいのだということ。そして、詠えばこんなに気持ちがよいのだということ。この自由さとこだわりが見事に溶け合い、瑠璃甫俳句を一歩も二歩も進めるようになった。さらに瞠目の四句。

柴漬の舟のかたちに収まりぬ
おはじきの真中のくぼみ犬ふぐり
蕗の葉の上に蕗の葉入り込み
寒鯉の極楽門へ向いてをり

一句目の新しい季語への挑戦。二句目の発見の妙。三句目のものを細かく観察した写生。四句目の言葉の選択。様々な俳句の方向を模索し、それぞれが成功している。次の段階へのエネルギーが備わったということだ。

そして、この三年間の集大成として冒頭の二句が現れる。この二句のために突っ走って来たと言っても過言ではない。勢いのある二句である。

どうしても右に向くなり赤い羽根

――そう言えばそうなんです。赤い羽根は、どの人がつけても右に向いてしまうのではないかと思ってしまいます。そこをすばりと言いとめたところが、この句の魅力です。――（「秋草」二〇二四年一月号「秋草の小径」）

句集名となった「羽根」はこの句から来ている。

春菊のそのためらはぬ香りかな

――こう言われれば、なるほどと納得してしまいます。これからは、春菊を食する前にはこの句が過ってくることでしょう。そう思わせる普遍性を感じてしまいます。――（「秋草」二〇二四年五月号「秋草の小径」）

心が自由になれば言葉も寄り添ってくれる。季語と懇ろになれば季語の方から近づいてくれる。そういう関わり方を三年間で体得したということだ。

途中で「るり句会」は週一回となり、その後週二回となった。出席する句会も増えた。結果、ひと月の作句数は、三年前の何倍にもなっているはずだ。多作多捨で自分を追い込むことによって自由な世界へ飛び込んで行けたことは、この三年間の大きな収穫のひとつとなっている。

瑠璃甫さんは、今「秋草」の編集も担うようになった。たくさんの俳句と出合うことで、また新しい道も見え始めている。この三年間の俳句とのかかわりが基盤となり、さらに大きな羽根をもって羽ばたいてくれるだろう。迷いが生まれても「秋草」の仲間がいる。切磋琢磨し、励まし、称えてくれる仲間がいる。嬉しいことではないか。

今は、作品を一冊にまとめた充実感に浸ればよい。ただそれは、しばらくのこと。新しい風がもう吹き始めた。さあ、次のステージが待っている。

第一句集『羽根』の上梓、おめでとう。

令和六年三月

茅渟の海へ広がってゆく春を感じながら

山口昭男

句集　羽根　目次

装丁装画　奥村靫正／ＴＳＴＪ

句集　羽根

I 雷紋

五十四句

家ぢゆうの匂ひ膨らむ二日かな

絨毯にうすももいろの犬の腹

七種の緑の残る木匙かな

霰降る石の翼の天使像

掌の薄き易者や龍の玉

撫牛の眼怖ろし冬桜

大仏の白毫に穴鶯鳴く

筆尻を揃ふる店主獺祭

青年の枝垂桜に説く素数

沈丁花いつかどこかで会つたひと

チューリップ同じ頁のいつも開く

俎板の音新しき春茜

フラスコの尻よくふりて囀れり

先生に渾名のついて穀雨かな

春虹のやうに挨拶する人よ

熊蜂や十字に縛る新聞紙

蕗の葉や身長計に沿ふ背中

コンパスで描く曼荼羅鉄線花

扁桃腺見せにくる水遊びの子
孑孑のみづのけだるく照るところ

卯の花腐し雷紋の中華皿

木耳を喰はぬ男の喉仏

合歓の花手をはなしたるやうに咲く

向日葵の革の匂ひに枯れはじむ

はじめからぐつたりとしてゐる茅の輪

銅板のやうなる比叡の夕焼かな

朝顔に蔓一本の自由かな

のつたりと西瓜の皿のきたりけり

冬瓜や方位磁石に赤き針

帆船の浮きゐるボトル星流る

水澄みて時計に円き振り子かな

玄関に書を習ふ子と秋草と

ちちろ鳴き顔の眼鏡のずれてゐる

二科展やつぶして食ぶる目玉焼

退屈は玉蜀黍の長き髭

パレットに指入れの穴小鳥来る

露けしや身籠るひとの歩の丸く

念入りに解く小包菊日和

水引の花や辞書編むひとのゐて

坂の上のプラネタリウム秋の風

前のめりして食うてをる熟柿かな

ペンギンのチウインガムや九月尽

鶏を抱ふる女秋の暮

シウマイの湯気のうづまき冬来る

七五三上目づかひの端に犬

雑巾の毛羽立つてゐる冬の空

木守や小指の遠き笛の穴

水筒のなかは銀色浮寝鳥

麺麭の耳ばかりの袋冬木立

寒林や起きれば瞳開く人形

能面をはみ出す顎や枇杷の花

三十三才ドロップ缶を銭で開け

宿坊に捨身のやうな蒲団かな

クリームの角立つケーキ冬の星

Ⅱ　かんぺう

五十四句

くるぶしに風まるくなる梅見かな

梅林の真中に犬の抱かれゐる

和菓子屋の上は住まひや草青む

地卵を持つて雛の家へゆく

逆しまの本そのままに鳥雲に

燕やレコード針の擦れる音

連翹の太刀打ちできぬ黄でありぬ

入学の朝の鏡にある飛沫

鏡中のひと出てゆけり春の雨

春昼の門にて気づく忘れもの

チューリップはじめは卵抱くかたち
かんぺうのやうな男が苗を売る

厠までとんできたるや石鹼玉

成りたての蛙もうすぐ成る蛙

枝先の丸き雨つぶ花供養

陵へすぐの階段花つつじ

夏景色とはしののめの水平線
おしまひのややや解けたる粽かな

包丁の背で削ぐ鱗走り梅雨

傘立に傘の溢るる軒菖蒲

そこらぢゅう口ばかりなる燕の子

釣銭の籠にゴムあり燕の子

日本は長き列島田を植うる

捨苗のひとかたまりに揺れてをり

半分は水の色なる目高かな

算盤の子が青嵐つれて来る

この枠は切手貼るため草茂る
叱られて蛍袋を見てをりぬ

籐椅子に金平糖をこぼしをり

時の日やおのづと本の帯外れ

夕涼し砂の音なき砂時計
風鈴の鳴らなくなりし一間かな

西日中油の見ゆる中華鍋

麻姑の手に指の溝あり冷奴

白靴が修道院へゆくところ

踊り子の腕に時計の重たさう

指ふたつ動く暗算秋つばめ

一列に仔犬が乳を吸ふ厄日

厠出てみれば菌の生えてゐる
海嬴打に見慣れぬ女まじりをり

小鳥来る眼鏡に長き鎖紐

色変へぬ松やベレー帽に角

黄落のクロワッサンの隙間かな

末枯や八角形のピザの函

木の葉散り土偶の口の開いてゐる

僧叩くもののみな丸し日短

綿虫や丸く溶けゆく角砂糖

クレヨンの油の匂ふ小春かな

寸法を測る小包冬の山

犬の名を呼び合つてゐる干菜かな

枝枯れてとなりの枝も枯れてをり

水湊やすぐに遅るるこの時計

日向ぼこ土の匂ひのしてきたる

寒鯉のうすむらさきに重なりぬ

III　おほかたはあを

五十八句

読むこゑのしづかにのびてゆく歌留多

みづうみの白くなりゆく謡初

銀の匙包むナプキン雪催

子に名前つけられてゐる雪兎

一畳の子規の書斎や青木の実

刻印のかすかな最中冬椿

下萌や湯に膨らむは出汁昆布

噺家のおほきな扇子春の山

お涅槃に白ソックスの横並び

大試験舗道に犬の伏せてをり

貝寄する風や校章襟に差し

床ばかり掃いてゐる種物屋かな

うつすらと赤子に眉や春田打

厠より合羽三人雪柳

蘗や合はぬラジオの周波数

チューリップ鼻舐めてゐる牛の舌

山門の天井しろき花の雨

ぼうたんや普請の布のかかる寺

軒菖蒲一方向に揃ふ靴

やはらかき昼の月なり袋掛

明易きフランスパンの気泡かな

地球儀のおほかたはあを五月雨

あまがへるさらりと前を向いてをり

夏蝶へおほきく開く本の背

ナ

覚めてなほさつきの火取虫のこと
それなりに蚊取線香をはりたる

自転車に犬乗せてゆく夏野かな

抜けし歯を麦藁帽子もつてくる

門内へ入る夾竹桃の坂

心ゆくまで透けてゐる胡瓜漬

水を打つ前の話の長かりき
さしてゐる日傘のことを忘れけり

目玉剝く岡本太郎草いきれ

避暑宿に壁より暗き静物画

只管に話を聴いてゐる金魚

指先に革の匂ひの曝書かな

教頭のラムネ茶屋より出でてきし

出世魚買うて夏越の祓かな

封筒の蓋に折り目を爽やかに

夕刊に鬼灯ひとつ置かれあり

八月の一音鳴らぬピアノかな

靴下の薄き踵や虫時雨

秋燕切ればお糸ある布テープ

ひやひやと列車の窓に指の文字

鶺鴒や逆しまに立つ竹箒

菊の酒ゆつたりと松曲りゐる

稲の穂に白き羽毛の落ちてゐる
障子貼りつつ安産の話かな

白粉の花やちひさき嘘をつく

釣銭のかすかな湿り草紅葉

枕木を貫く釘や冬来る

木の肌の粗き机よ冬入日

冬の日の体育館の匂ひかな

さつきまで噓してゐたやうな顔

ままごとに客の来たるや朴落葉

一列に雀が飛んで青写真

掛軸に丸き棒あり狩の宿

狐火の見ゆる廊下の大鏡

Ⅳ　風船のむかう

六十八句

鉄砲町よりゆく恵方詣かな

水仙の葉のまつすぐに捩れをり

茹でられて白葱きゆるんきゆるんとす
焼諸をふたつに割つてみたけれど

風船のむかう風船とんでゆく
はじめての恋の話をしやぼん玉

薄氷の風になじんでゆくところ

黒が赤ぐんぐん押してゆく野焼

親指のささくれてゐる蕗の薹

梅咲いて大阪は橋多かりし

真つ新な袱紗の匂ひ実朝忌

つなぐ手のなんとやはらか雪解風

まづ犬が鳥居をくぐる二日灸

なべて具のまるきピラフや春の山

後頭のおほきな子規や水温む

黒板に消し跡のあり鳥帰る

線香に帯のふたつや菖蒲の芽

御守に蝶の結び目東風の吹く

歳時記と空いつぱいの囀と
囀を解き放ちたる一樹かな

体操の帽子にゴムや鳥の恋

思ふより太々として蜷の道

蕗の葉の上に蕗の葉入り込み
蕗の葉の下は安全かもしれぬ

理科室の瓶は茶色や芥子の花
よく匂ふ薔薇のもつとも小さきが

逞しく膨るるホース南瓜咲く

給食の三角巾や燕の子

なつかしき声のしてゐる田植かな

早乙女へいきいきと泥とびつきぬ

立春の足が丸見え夏やなぎ

人はみな悪党顔の暑さかな

夏帽を抱ふる胸の薄かりし

菩提樹の花の思はず匂ひ立つ

山門の木目くっきり夏の雲
涼しけれ紙の礫の広がれば

羅をまとひ愛染堂へゆく

噴水に等しく椅子の向いてをり

水に飽きてはや水鉄砲に飽きて
とぶ水と水鉄砲にある水と

水論に東京弁のやつて来し
やすむこと考へてゐる泳ぎかな

つくつくぼふし索引の多すぎる
桔梗の咲いて馬穴のころがつて

蝗いま朝礼台を過ぎてゆく
やはらかく叩く木琴秋の虹

爽やかに辶右に払ひけり

紙を切る鋏の音や秋の水

港より秋の彼岸のはじまりぬ

あつさりと挨拶すます秋の雲

蜉蝣やゆつくり栞紐おろす

芭蕉葉の破れて靴の踵踏む

ここちよく棒は案山子となつてゐる

剣道の三人ゆくや刈田道

山茶花や柿左衛門は奥の家

柊の咲いて消化器内科かな

目貼して煙草の函に銀の紙
洗はれて大根の葉のツンツンと

柴漬の舟のかたちに収まりぬ

山の匂ひ川の匂ひの干菜かな

ビーカーに目盛ありけり神の旅

物理学教室前の聖樹かな

先生の選評短か龍の玉

一列の顔みな日向ぼこりかな

一茶忌や小さき袋に爪楊枝

糠床を底より起こし冬雀

病院のポインセチアが赤すぎる
セーターに匂ふきのふの夕餉かな

Ⅴ　坂の名

六十四句

うすらひにうすらひのまたかさなりて
おはじきの真中のくぼみ犬ふぐり

獺祭や煉瓦は垂直に積まれ

筆巻をきつちりと巻く実朝忌

茎立つや鉛筆の芯舐めてゐる

啓蟄の木目正しき廊下かな

蘖やセーラー服の襟に線
赤帽の裏は真白つばくらめ

警官が磯巾着を見てゐたり

そこまでは好きでない人さくら餅

よく笑ふ三人姉妹桜貝
桜貝鼻のきれいな人とゐる

春昼のパンをはみ出すウインナー

花びらのあきらめてゐるチューリップ

囀やパフェにスプーンの長かりき

三輪車いくよ春の風のくるよ

しゃぼん玉はじけて風の若くなる

遠足の列のわあっと縮みたる

空豆を剝く間にすますす謝罪かな

路地ゆけば路地にぶつかる傘雨の忌

この人が葵祭にいくといふ

トランプの王は四人や額の花

梅雨に入る廊下の奥の鏡かな

子燕のもの食ふ口になるところ

フライパン裏が真つ黒源五郎
ハンモック素直に風の通りゆく

籐椅子に抛りしままの背広かな

夕立の匂ひの人とすれ違ふ

簀目に沿うて来たるや夏料理

蜜豆やあけすけな嘘ついてをる

風鈴の風におくれて鳴ることも
傾けて引き出す本や蟬時雨

遊船のくれば遊船出てゆきぬ

吊り紐に総ある茶屋の簾かな

昼よりも門の明るき霊迎

うねりつつ廻るレコード星月夜

つくつくし袋に飴のひとつづつ

葛咲くや頭ずらして折る懐紙

山は香具耳成畝傍芋の露

坂の名の多き東京秋燕

秋冷やカチンと閉まるペンの蓋

どうしても右に向くなり赤い羽根

ブラウスの袖のふくらみ秋の空

菊膾食ふは紙屋の主人かな

眠さうに眠さうにばい独楽とまる

三行のけふの日記や藪虱

山茶花の散つて囁くやうに蕊
おにぎりを丸く握りて空也の忌

しつとりと湖見えて枯尾花

冬ざれや小さき玉ある呼子笛

大根をこの傾きと決めて引く

大根を洗ふ音みな水の中

大根を掛くればちよつと陽気
下宿より干大根のよく見えて

婚礼や岩に木の葉の貼りついて
いつまでも綿虫はゆらいでゐたい

風呂吹や半分も言はぬほんたう

セロファンを透けるキャンディ冬の蝶

けふの焚火きのふの焚火より始む

この子にも手紙来たるや毛糸編む

手袋が君のかたちを記憶する
餅黴の髭のやうなる青さかな

寒鯉の極楽門へ向いてをり

春菊のそのためらはぬ香りかな

句集　羽根　畢

あとがき

ふたりの友の背中を追って、俳句の世界に飛び込みました。いろいろな俳句と出合うなかで、波多野爽波や田中裕明、山口昭男主宰の作品にだんだん惹かれてゆき、「秋草」に入会しました。

集中の句は「秋草」の句会で授かったものであり、ひとりで作ることは決してできませんでした。理解の遅い私を根気よく厳しくご指導くださる主宰、たくさんの刺激を与えてくださる「秋草」のみなさん、多くを語らぬとも応援してくれている家族、編成に一年をかけたこの句集に、絶えず優しいお心遣いで一緒に親身に向き合ってくださった朔出版の鈴木忍さん、心躍るような素敵な装幀によって拙句集に清らかな風をもたらせてくださった奥村靫正さん、今までに句座を共にしてくださった方々、これまでに出会いのあった方々へ、この場をお借りしまして厚く感謝申し上げます。

また、世の中に万とある句集の中から、このささやかな句集を手にとってくださったみなさまへ、心よりお礼申し上げます。
師からの身に余る序文を胸に、数多のご縁に感謝しながら、この『羽根』をもって、新しいステージに向かって仲間と一緒に自由に楽しくとんでゆきたいと思います。

村上瑠璃甫

二〇二四年初夏

著者略歴

村上瑠璃甫（むらかみ るりほ）　　本名　坂江 晶（さかえ あき）

1968 年　　大阪生まれ

2018 年 5 月　俳句を始める

2018 年 8 月　「蒼海」入会　13 号を以て退会

2020 年 12 月　「秋草」入会　山口昭男に師事

mail：akisakae7@gmail.com

句集　羽《は》根《ね》

2024年6月6日　初版発行

著　者　　村上瑠璃甫

発行者　　鈴木　忍

発行所　　株式会社 朔《さく》出版
〒173-0021　東京都板橋区弥生町49-12-501
電話　03-5926-4386　　振替　00140-0-673315
https://saku-pub.com　E-mail　info@saku-pub.com

印　刷　　中央精版印刷株式会社・日本ハイコム株式会社
製　本　　株式会社松岳社

ISBN978-4-911090-10-7　C0092　¥2000